붉은 태양이 거미를 문다

박서영

시인의 말

선몽先夢은 나를 두렵게 한다. 먼 길을 떠나기 전,
내 꿈속에 나타나 손을 흔들고 가신 분들의 얼굴이 떠오
른다.
그들과 함께 했던 시간들,
함께 하지 못했던 시간들을 한 채의 집으로 지었다.
죽음은 가장 오래 기억해야 할 불멸이다.
김해 고분 박물관을 어슬렁거리며 내가 찾고자 했던 것
은 무엇인가.
그곳에서 줄곧 아름다운 시간의 복원에 대해 생각했다.
사라지지 않은 죽음.
바람 소리에 문득 깨어나 소스라치게 놀란다.
나는 아직도 살아 있다.

박서영

차례

1부

3부

해설

1부

숫눈

담벼락 아래
누가 싸질러 놓은
깨끗한 폐 한 덩어리

숨 쉬는 동안
저기 숨어서 살았으면

겨우내 녹지 않고
사라지지 않고
저렇게 흰 무덤을 찢고
얄밉게 눈을 흘기며
꽃이라도 필 것
입 닥치고
봄의 태반을 혼자 낳을 것

백지白紙를 더럽히며
햇빛이 뛰어 달아난다

빈집

댓돌 위에 나란히 놓인 신발 한 켤레,
빨랫줄엔 며칠째 걷지 않은 듯한 옷과 이불,
늦은 봄날 개복숭아 나무의 병실을 떠나
기어코 짓뭉개져 가는 꽃잎들,
들어가야 할 곳과 빠져나와야 할 곳이
점점 같아지는 37세,
시간의 계곡을 질주하는 바람,
더 이상 내게 낙원의 개 짖는 소리는 들려주지 마!
내용 없이 울어대는 새 몇 마리,

저녁이 검은 자루처럼 우리를 덮는다

새 발자국 화석

바위 속으로 누군가 떨어진 흔적
나는 울부짖는 맨발을 떠올린다
발자국은 점점 깊어지고 있다
단단해지고 있다
날아가기 위하여 먼저 아장아장 걷기 시작한
어린 새였을까
날다가 지쳐서 잠시 지상에 내린
늙은 새였을까
움푹 들어간 발자국 안에 내 발을 넣어본다
천천히 사막으로 빠져드는 느낌이다

풀밭 속에 감춰진 바위에
사랑의 파동이 남긴 흔적이 뻗어 있다
저 발자국은 날아가면서 남긴 것일까
지상에 안착하며 남긴 것일까
백만 송이 구름의 몸이 찢어지고
펑펑 첫눈 내린 날에
쑥스러운 듯 열렸다가 닫히는 발자국 하나

나는 불타오르는 맨발을 떠올린다

경첩에 관하여

어느 여름날 두 발을 책상 위에 올려놓고
음악을 듣다가
음악에 맞춰 끄덕 끄덕이는 발목을 보았지
문득 발목이 경첩이라는 생각

폭풍 같은 사랑도
경첩이 있어 떠나보낼 수 있었다는 생각
온몸이 뒤틀리지 않았다는 생각
몸의 문을 열고 닫으며
살과 뼈가 소리 없이 이별을 견뎠다는 생각

몸의 경첩도 낡고 오래되면 소리를 내는가

금이 가고 있는 것이
바람이 들고 있는 것이 몸만은 아닐 것이다

무릎과 팔목과 발목
손목과 손가락의 마디마디들

아, 목이 있는 것들
몸속의 뼈들이 우지직거린다
안과 밖이 통정通情을 나누느라
경첩들이 수런거린다

점자책

흰 종이의 땅을 뚫고
출토된 글자들이 방울방울 솟아 있다

이 책은 어둠을 켜놓고 읽어야 한다
무색무취 글자의 근육
제대로 서 있을 수 없는 글자들은
조금 쭈그리고 앉아 있기도 하다

후각과 청각과 시각과 미각을 열고서도
마음의 감각까지 동원해야
차가운 너의 몸을 만질 수 있다
이것이 눈송이 같은 너의 몸을
다치게 하지 않는 방법이다

나는 어두워지면 불을 켜는 습관이 있어
영원히 이 책을 읽지 못하리라
어둠을 켜놓고도 환한 세계의 한 공간을
내 몸이 엿볼 수 있다면

아, 눈보라가 휘날리던 바람 찬 흥남부두* 같은

책 한 권을 나는 읽을 수 없다

*〈굳세어라 금순아〉에서 빌림

알전구 속의 풀밭

알전구는 눈꺼풀이 없었다
천천히 부풀어 오른 구름처럼
대머리 가수처럼
심장에서 치밀어오르는 무언가를 감춘 듯
부풀어 오른 성기性器 속으로 우리는 들어간다

이곳에는 바람이 불지 않으므로
아름다움에 대하여 말할 필요가 없다
말하지 않아도 꽃씨들이 터져
심장은 언제나 풀밭처럼 무성하다
눈꺼풀이 없으므로
어디까지가 눈동자고
어디서부터 눈썹인지 알 수 없다
플러그를 꽂고 전원을 켜면
풀밭 위에 태양이 뜬다
태양의 몸에서 싸락눈이 내렸으면
하는 오후다
시간의 국경이 무너져버렸으면

천장을 올려다보며
그대가 무심코 툭 던진 말이다

오늘의 날씨는
형광등 속에서 반짝거리는
저 필라멘트의 풀밭 위에 진눈깨비가 내리는 것
그대의 고향은 하얗게 눈 내리는
강원도 정선이라고 했지
우리가 사는 방의 알전구는 눈꺼풀이 없지만
성기性器처럼 부풀어 올라 우리의 고향을 품고 있어
우리는 언젠가 그곳에 당도할 것이다

견인차에 시계가 매달려 있다

견인차가 지나갔다
옆구리에 시계가 매달려 있었다
시계 속에서 바늘들이 장대비처럼 내리꽂혀
끌려가는 차의 가파른 생生을 때린다

나는 신호등 앞에 서 있었다
붉은 등 앞에 불법 주차되어 있었다
어디로 빨려 들어가고 있는지 모르는
차들이 빠르게 지나갔다

기다림은
간결하게 붉은 등에서 초록 등으로 바뀌고
질끈 묶여 있던 횡단보도가 펴진다
고민할 시간마저 없이
백색의 선을 가로질러 가는 사람들
검은 아스팔트가 찢겨지고 드러난
저 핏기 없는 흰색이
우리가 밟고 가야 할 시간이다

자지러지는 소리를 내며 우리를 어디론가
끌고 가는 견인차
끌려가면서도 쉬지 않고 두리번거리는 얼굴들

문득 뒤돌아본다
허공의 목구멍에는 여전히 목젖처럼 붉게 달아오른
신호등이 깜박거리고 있다
나는 얼룩말 가죽을 밟고 저쪽에서 이쪽으로 건너
왔다

물탱크 청소

허공의 우물에도 이끼가 끼고
물의 짐승들이 살고 있었나 봐요

여름 한낮
플라스틱 우물을 머리에 이고 사는 사람들이
독한 락스와 하이타이를
우물 속에 쏟아붓고 있었습니다

뚜껑 열린 우물에서
햇빛을 받으며 솟구치는 물고기와
개구리와 소금쟁이와 처녀귀신과

오래된 우물 이야기는 언제나 신비로운 것
허공의 우물이라고 별다르지도 않았습니다
허공이 보여준 광장이 더 넓어서
더 깊어서였겠지요
사방으로 뛰어 달아나는
아름다운 물의 짐승들을 본 것은

수도관을 타고 꼬리를 흔들며 돌아다니던
물의 짐승들이
옥상 바닥에서 햇빛 속으로 숨어들고 있었습니다
그냥 사라지는 게 아니라고
바짓가랑이를 붙잡고 있던 물방울들이
짓물러 터져 뚝뚝뚝 바닥에 주저앉았습니다

상처 없이 그냥 사라지는 것은 없는 거겠지요
용서 없이 그냥 되돌아오는 것도 없는 거겠지요

식물의 눈동자

식물에게도 눈이 있다고 한다
태양을 바라보는 맑은 눈이 있다고 한다
식물의 눈동자는 뜨거운 것을 향해
환히 열린다는 것일까
태양을 똑바로 보고 걷지 못하는
얼굴을 찌푸리고 바라봐야 하는 나와는 달리
저, 말랑말랑한
부드러운
몸들은 빛의 뿌리를 끌어당겨 꽃핀다는 것일까
씨앗을 날린다는 것일까

빛이 낯설어 어둠 속에서 둥그렇게 열리는
나의 눈동자와는 달리
어둠 속에서 도리어 빛나는 짐승의 눈동자와는 달리

식물에게도 눈이 있다고 한다
아프면 눈동자에서 먼저 현기증을 느끼고
모가지가 툭 꺾어진다고 한다

그때마다 뿌리는 환한 몸살을 앓는다고 한다
짐승의 맨발처럼 온몸을 살리려고
밤새 어딘가 다녀오곤 한다고,

해변은 어떻게 태어나는가

긴 칼 한 자루를 갖고 싶었다
푸른 달빛처럼 빛나는 칼

물결들이 닦아내고
모래알들이 날을 갈아
해변이라는 길고 긴 칼이 완성되었다
부드러운 곡선과 시퍼런 날을 가진
녹슬지 않는

바다와 연결된 푸른 몸에는 사시사철
아름다운 새들이 맨발로 날아다니고
위험한 줄도 모르는 물고기들이 헤엄쳐 다닌다

무엇을 베어낼 것인가
때때로 길게 드러누운 칼이 빛나곤 하지만
해변은 쏴아–쏴아– 간곡한 음악을 연주할 뿐
몸을 열어 텅 빈 조개껍데기나 부드러운 해초 같은
마음을 토해낼 뿐

저 푸른 칼
바다의 새순을 얼마나 많이 먹었는지
좀처럼 제 무딘 칼날 보여주지 않는다

비누

탁발승 같은 비누가
물의 세계를 지나 사라지고 있습니다
물 위에 찍힌 발자국처럼 짓물러 터져

훼손된 것이 너무 많은 이 저녁을

지나가고 있습니다
아무 뜻 없이 그냥 가는 것은 아니겠지요
누군가의 겨드랑이 냄새를 씻겨 주고
허벅지를 씻겨 주고
풀 냄새나 바람 냄새 같은 것을 안겨 주고 갑니다

고장 난 수도꼭지에서 흘러내리는
혹한의 물방울을 밤새
흉곽 속에 채워 넣고 있는 비누
짓뭉개져 가는 비누의 몸은
단단했던 몸의 기억을 가지고 있으므로

그렇게 잠깐 녹아내렸다가
정신을 차리고 있습니다
들숨과 날숨을 번갈아 쉬며
흐물흐물해졌다가 다시 견고해지기를 수십 번
뭉친 어혈을 밤새 혼자 풀고 있는
저 비누 한 조각

피아노 주치의를 위한 시詩

중이염에 걸린 k의 귀는
귀머거리가 되기 위하여 30년간
아름다운 소리에 몰입했다
소리에 혹사당했다
피아노 소리가 광포한 폭우처럼 들렸다고 했다

3분 동안 귓속에 햇볕을 쬐고
날카로운 소리의 꼭짓점들을 잘라냈다

아, 어젯밤 면봉으로 마구 쑤시지만 않았더라도
내 귀가 통증을 알려오진 않았을 텐데
그렇다면 나는 병원에 가지 않았을 것이고
평생 피아노 주치의로 산 그를 만나지 않았을 것이다

내 귀는 잘 사용하지 않아서 닫혀가고 있었던 것
퇴화되고 있었던 것

병원을 다녀와 그믐달처럼 바짝 졸아든 귀를 움켜

쥐고

    아름다운 소리를 들어보라고 충고한다

    이지러지고 망가져 들어오는 것들이여,

    무엇이 보이고 무엇이 보이지 않는지

    무엇이 들리고 무엇이 들리지 않는지

    환각과 환청이 몸속에서 텅 빈 악기처럼 울 뿐

    나는 망가진 소리를 조율할

    마음 하나 몸 안에 들어앉히지 못했다

    소리의 파편들이 거칠게 날아와 박히는 내 귀는

    병원을 다녀온 날에도 여전히 불편하다

    k는 무사한 걸까, 그의 아름다운 귀는

왜가리

수면을 차고 날아가는
왜가리의 발목은 위대하다
긴 목은 허공에 잠겨 있고
발은 한없이 지상에 늘어뜨린 채

생략할 수 있는 삶을
발목만을 몇 컷의 풍경으로 남기고
갈 수 있는
왜가리의 울음은 위대하다

날아가면서 물 위에도 허공에도
긴 발목을 뻗어 난蘭을 친다

날개가 부드럽게 허공을 밀고 갈 때마다
그림이 수묵水墨으로 번진다
왜가리는 툭, 터진 허공 속으로
유유히 사라졌지만
물 위에는 아직 난초들이 피어 어른거린다

기다림으로 목이 길어진
서러운 저 난초들

폭우 속에서

풀밭이 퍼덕인다
사랑의 파동처럼 퍼붓는 빗줄기
치욕의 파동처럼 퍼붓는 핏–줄기
풀밭을 일순간에 적셔버리는
초여름 폭우의 천이통天耳通이여!
내 귀는 당신이 오는 소리를 벌써 들었다
수천 년 전의 말발굽 소리처럼
검은 구름 속에서
거칠게 뽑혀 내려오는 비의 뿌리들
사랑이 가고 치욕이 남겨진 것처럼
풀밭이 퍼덕이다가 고요해진다
나는 그곳에서 모든 소리를 들었다
누군가 뛰어왔고 걸어왔고
누군가 달아났고 떠나갔고
사라진 그곳
회오리치던 풀밭에 적멸보궁 한 채 세워졌다
피의 궁宮이 사방에 꽃들을 낳는다
바람 속에서 쏴아쏴아

또다시 당신이 뛰어오는 소리가 들려온다

슬리퍼 한 짝

꿈을 꾸려고 잠을 잔다
호박 넝쿨 속에 아무렇게나
엎드려 잠든 슬리퍼 한 짝
질식하지 않으려고 벌린 저 아가리
끊임없이 벌레의 말을 먹고
벌레의 말을 낳는 슬리퍼 한 짝
나비가 신어보려고 끙끙대다가 훌쩍 날아갔다
제 몸보다 스무 배나 큰 날개를 달아보려고
허우적대는 꼴이라니!
나비는 낡은 옛집 지붕 위에 살며시 앉는다
그가 떠난 뒤 머리칼 같은 잡초들이 돋아난 지붕
점점 깊어지는 방안의 어둠
완강한 기억이란 존재하지 않는다
바람에도 기억의 문은 자주 열린다
오늘도 나는 깨진 창문으로 방안을 엿본다
누군가 두드렸던 북 하나 잠들어 있다
우는 것을 잊어버린 북이 운다
슬리퍼는 악기처럼 입을 벌린 채

나비들을 뱉고 있다
노란 환각이 진동하는 빈집 마당에
젖가슴 한 짝이 납작 엎드려
끝없이 호박꽃을 밀어올리고 있다

저녁밥 생각

찔레 덤불 속에 버려진
전기밥솥에서 꽃이 피고 있다
하얗게 밥물이 끓어 넘치고 있다
아파트 철책 아래 찔레 덤불은 가스밸브다
탁, 불을 켜면 꽃이 피고 밥물이 끓고
오지 않는 버스를 기다리는데
어디선가 밥 냄새 풍긴다
뿌연 달이 맞은편 아파트 옥상의
노란 물탱크에 목을 매달고
노란색을 끝없이 빨아먹고 있는 사이
허공에서 떨어지는 벌떼
찔레꽃 속으로 몸을 비비꼬며 들어간다

배가 불룩해진 달은 점점 샛노랗게 변해간다
둥근 달이 동쪽 산 젖꼭지에서 태어나
서쪽 산 젖꼭지로 천천히 굴러간다
버스를 백 년 전부터 기다린 것 같아
백 년 동안의 기다림은 여전히 지겹고 재미없지만

첫사랑 같은 5월 1일, 문득 버스 정류소 옆에 핀
찔레꽃 한 무더기 보았다
덤불 속에 버려진 전기밥솥의 코드가
찔레꽃 뿌리 쪽으로 뻗어 있다
앞으로 또 백 년의 기다림이 시작되는 첫날처럼
뱃가죽이 시큰거리는 저녁이다

마라토너

이봉주 마라톤 연습 코스라는 해안길이 있다

심장에 초시계를 매달고
끝없이 달려야 하는 사람에겐 더없이 좋은 코스다

바다라는 주유소가 몸 안에 있는
마라토너의 발자국 소리가 파도처럼 하얗게 일어
선다
활처럼 구부러진 해안도로를 달리고 달려
그가 닿고 싶어하는 곳은 어디인가
그는 화살처럼 허공을 헤엄치며 시간과 싸운다

몇 번의 심호흡이 밖으로 터져 나오고
오른발과 왼발은 순식간에 과거와 현재를 갈아탄다

이 도시의 변두리에는
이봉주 마라톤 연습 코스라는 해안도로가
이봉주의 후광을 뒤집어쓴 채 잊혀져가고 있다

길 위에서 평생을 달려온 내 다리의 행방이 묘연하
다
　옥상 위의 빨랫줄에서 펄럭거리는
　헐렁한 바지 속에서 두 다리를 찾아본다
　느릿느릿한 산책자들도 가끔은 마라토너가 되어야
한다
　달리면서 저 푸른 바다를
　저 헛것의 구름을 노래할 수 있었으면

귀

이것은 얼마나 고집 센 구멍인지요 정신의 행려병자
인지요 검은 머리카락 속에서 단 한 번도 나온 적 없는
몸의 일부인지요 토막인지요 소문의 자루인지요 바람
인지요 들어도 듣지 못하는 캄캄한 귓구멍인지요 진
흙탕도 이런 진흙탕이 없을 겁니다 툭툭 손가락 끊어
져 들어온 소문들과 어디에선가 죽은 햇빛들과 가버
린 시간들이 뒤엉켜 있는 이곳은 얼마나 깊은 무덤인
지요 내 귀는 나팔이 될 수 없어요 소리를 낼 수 없어
요 은색 냄비의 손잡이처럼 얼굴 양쪽에 매달려 있을
뿐이지요 어떤 날엔 그 손잡이를 들고 내 얼굴에 가득
찬 오물을 쏟아버리고 싶어지지요 두개골의 꼭지가 떨
어지는 날 귀는 제 역할을 다하겠지요 지금은 너무 무
거워서 얼굴을 조용히 감싸고만 있습니다 이것은 정
말 얼마나 고집 센 구멍인지요 제대로 태양을 본 적 없
어도 태양을 향해 조준된 총에 대해 생각하고 있어요

어디든 간다

　길을 바라보고 있으면 내 눈이 길게 늘어나 어디든 간다 햇살의 걸음걸이는 순식간이다 바퀴를 단 것처럼 빠르게 저녁이 내려온다 도로에 벌레 한 마리가 햇살 때문에 발버둥 친다 햇살 때문에 나는 달아오른다 착시처럼 부풀어 오르는 길 불타는 나무 불타는 사람 불타는 저녁이 되자 이 세계에는 한 줌 가량의 재만 남는다 스쳐간 사랑이 남긴 한 줌의 재 희망이 걷어차고 간 한 줌의 재 봄날의 담벼락이 남긴 화상 자국처럼 시간은 검은 재를 남긴다 시간의 흔적으로 인해 길이 자주 찢어지고 절개지처럼 붉어졌다 나는 길의 돌출된 손잡이를 잡아당긴다 길은 뫼비우스의 띠처럼 끝없이 풀려 나온다 그래도 내 낡은 구두는 멈출 줄 모른다 구두 밑창에 나무가 집이 관이 쩍쩍 달라붙기 시작한다 무수히 많은 길의 파편들, 탄식과 고통의 구멍을 스쳐 구두 밑창에 우울한 저녁은 스며든다 그래도 내 구두는 어디든 간다 정작 무거운 건 내 구두가 아니라 저 길이 아니었나 아아 도대체 나는 흩어진 길들을 수습하지 못하겠다 길마저 썩어 있다니

죽음의 강습소

오전 여덟 시 상가를 지나친다
동네 입구의 전봇대에는 하얀 종이에
반듯하게 씌어진 상가喪家→가 붙어 있다
이 길로 가면 상가로 갈 수 있다
나는 지금 문상 가는 중이 아니다
그러나 태어나자마자 이 표식을 따라왔다
울면서도 왔고 졸면서도 왔다
사랑하면서도 왔고 아프면서도 왔다
와보니 또 가야 하고 하염없이 가야 하고
문상 가는 줄도 모르고 나는 문상 간다
죽어서도 계속되는 삶이 무덤 속에 누워
꺼억꺼억 운다
울다가 가만히 죽은 듯 누워 있는 시체들
여자들은 죽음의 강습소에서 과도를 꺼낸다
여자들이 흘리는 눈물을 따먹으며 세월이 간다
동그란 눈물에 과도를 꽂는다
주르륵 흘러내리는 과즙의 맛을 가진 눈물
죽음의 강습소 같은

죽음의 예배당 같은

이 도시의 하늘이 뻥 뚫려 있구나

허공에 흩어진 시간의 표식을 따라가던 어떤 날은

가령 오늘 같은 오전 여덟 시 도시는

영정사진처럼 검은 띠를 두르고

묘비 같은 십자가를 바짝 세우고 있다

그 아래 납작 엎드린 채 살아간다

그런데 무엇이 내 몸을 자꾸 찌르는 거야

나를 들어 올리는 거야

묵직한 관棺 하나가 내려오는 아파트를

나는 그냥 지나친다

뿔 위의 모자

내 머리 위의 뿔
그 위에 달랑 걸쳐 있는
모자를 거울 속의 당신이 본다
우스꽝스럽다는 듯이

타인 앞에선 한 번도
모자를 써본 적 없다

오늘처럼 거울 앞에서
혼자 모자를 써보는 이유는
뿔 위의 모자를 이해하기 위해서다

뿔 위의 모자는
구름처럼 토막 난 내 몸의 일부다
상처를 몸 밖으로 매달고 다니는 건 싫다
툭, 튀어나온 뿔을
모자 따위로 감추는 건 더욱 싫다

내 상처로 누군가 감상적이 되거나
내 뿔에 치여 누군가 우는 것도 싫다
가끔 혼자 거울 앞에서 쓰다듬는다
죽순처럼 자라는 부드러운 뿔,
아름답게 치솟는 나의 고집을

중이염

마산 창동 버스 정류소에서
귀에 자물쇠가 채워진 광고지를 보았다
코끼리 귀처럼 커다란 귀에
귀고리처럼 매달린 은빛 자물쇠 하나
쉬지 않고 무수한 소문들이 들락날락했으니
거미가 줄을 칠 겨를이 없었겠지
속은 얼마나 고름을 쟁여놓고 상처를 쌓아두었을까
그것이 이제 터진 것이라고
방죽이 터진 것이라고
둥글게 말려 올라간 귓바퀴를 만지며 생각했다

사람이 떠난 빈집은 자연의 집으로 돌아간다
대문 앞에, 방문 앞에 거미가 집을 짓고
마당은 망초꽃과 쥐와 고양이와
나비와 새들의 세상이 되어버린 것을
폐가의 대문에 뚫린 구멍으로 들여다봤을 때처럼

귀의 문에도 자물쇠를 달아놓는다면

내 귀도 자연의 집이 될 수 있지 않을까
아아, 험담은 돌고 돌아서
다시 내게 날카로운 상처가 되어 돌아올 것이다
몸속에서 사랑보다 미움이 더 빨리 걸어나가니
사랑해 볼 막간이 없으니
내 귀와 입술이 그만 부음訃音에 든다면!

어머니의 틀니

웃다가 만다
피다가 만 꽃잎처럼 웃다가 만다
어디까지 왔니? 가다가 멈춘 걸음처럼
웃다가 만다

수많은 맛을 건너
어머니의 혀가 당도한 곳은 어디인가

어머니의 입안에는 한 다발의 이빨이
북어처럼 주르르 묶여 있다
맛의 공복이 가득하다

세금을 내다가 만다
적금을 붓다가 만다
연금을 타먹다가 만다
빚을 갚다가 만다
피가 흐르다가 만다
어머니가 웃다가 손으로 입을 가리더니

재빠르게 입안으로 손가락을 집어넣는다
한 두릅의 이빨이 뛰쳐나오다가 만다
우리는 모두 웃다가 만다

부부 夫婦

차가 휴게소에 들어섰을 때
아버지의 똥오줌은 불경스러운 냄새를 피우며
왈칵 우리들의 얼굴을 뒤덮었다
차 뒷좌석에서 뭉클 피어나는 아버지의 생애
꽃이 지고 나면
아득한 탈진의 향기가 허공에 남는 것처럼
그때 차 안에도 가득 남았다
아버지가 일생 동안 참았던
한 덩어리의 비명

아버지 몸속의 그것은
끝내 주르륵 흘러내리고야 말았다
문門이 열리고야 만 것이다
칠순 노인에게 꽉꽉 밀린 고속도로는 치명타였고
빠르게 지나간 시간도 치명타였고
낮에 먹은 불고기도 치명타였다

누구에게나 약속 없이

갑자기 쏟아내야 하는 고통이 있다
몸의 수도원에서 괴로워했던 사랑
밀리는 생生의 고속도로를 겨우 벗어났을 때
아버지 몸을 묶었던 끈이 풀리고 말았다
그렇게 쏟아지고 말았다
배탈은 근엄한 아버지를
다시 캄캄한 구멍 속으로 되돌려놓았다
옆에서 어머니가 속 시원타 시원타!
하하하하 호호호호 어머니의 배설도
약속 없이 갑자기 쏟아지고 있는 것이었다

송이버섯

흰 송이버섯들
입도 없이 콧구멍도 없이
뻗어 나갈 팔다리도 없이
자웅동체처럼 나자빠진 송이버섯들
최후의 문장文章처럼 뭉툭하게 간결하게
버릴 것 다 버리고
수의 한 벌 입은 버섯들
꿈은 팔다리로 붙잡는 게 아니지만
관棺 속에 누운 송이버섯들 불안하다
그러나 사람들은 말한다
그 여자는 언제나 알몸이었고
그 여자는 언제나 맨발이었고
그 여자는 언제나 신부新婦였다고,
비좁은 단칸방에는 문짝도 없고
꿈의 스위치도 매달려 있지 않았다
상자 안의 송이버섯들은
꿈만으로 뿌리가 되고 흰 꽃이 된다

숯

사라졌다가 다시 태어나는
태양과 달과 별처럼
이 검은빛 덩어리가 품고 있는
나무의 혈관
불의 씨앗

멈춰선 맥박 위에 삶을 얹으면
저렇게 순식간에
불의 덤불이 우거질 줄을

당신은 진정 몰랐단 말인가요?

2부

무덤 박물관 가는 길

아무도 살지 않는 무덤이 점화한다
복제보다 아름다운 기억들이 펑펑 터진다
누가 태초에 봄여름가을겨울의 이름으로 저 제비
꽃을
민들레를 엉겅퀴를 개망초를 세상에 꽂기 시작했
을까

무덤의 콘센트가 은밀하게 연결되어 있는
땅의 배꼽이 열린다

누가 소멸한 기억에 똥물을 주고 햇볕을 주고
바람을 주며 그들을 불러내는가
빈집 뚜껑을 열고 불쑥 한 덩어리 기억을 끄집어내고
봄여름가을겨울을 떠돌아다니게 하는가
생각해 보면, 생生은 모두
낯선 집게에 걸려 파닥거리다가 멈추는 것

내 등을 집어 올리는 묵직한 고통을 느끼며
여기저기 불룩불룩 솟구쳐 있는 무덤 옆을 지난다
저것들은 땅의 상처, 아물지 않은 물혹들이다
저 푸르디푸른 문을 열어라
이제 내가 열고 들어가야 할 문은
저것 하나밖에 남아 있지 않으므로

문상

— 무덤 박물관에서

아직도 숨 쉬고 있는
시간의 육체여

무덤 속에서 나온
해골이 입이 찢어지도록
웃고 있는

김해 대성동 고분 박물관

아직도 숨 쉬고 있는
육체의 죽음이여

나는 안에서 바깥으로 들어갔다
얇은 봉투 하나 들고
흰 국화꽃 앞으로

숨 쉬는 집
— 무덤 박물관에서

아직도 숨 쉬는 것 같아서
들여다본다
입술이며 코며 조용히 감은 눈을
만져도 본다
고통이 끝난 그대의 몸을
뜨거움도 추위도 모두 잊은 그대의 몸을
흔들어 본다

붉은 흙구덩이가 된 그대의 눈동자가
나를 들여다보고 있다
감긴 눈 속의 깊은 구멍이
눈꺼풀을 열어 방을 보여준다
다섯 식구
흉부가 열린 채 밥상 앞에 앉아
묵묵히 숟가락을 들고 있다
환한 거짓말이 피어난다
어쩌면 따뜻한 거짓말이

밤

— 무덤 박물관에서

태양이 외눈의 눈꺼풀을 감으면
하늘엔 쇠북 같은 은빛 달이 뜬다

어둠이 박물관 뜰에 솟아오르면
대낮에 만났던 사람들이
어디로 사라졌는지 모르겠고
햇빛도 어디에 숨어 있는지 모르겠고
꽃이 어느 자리에 피어 있는지 보이지 않는다

나는 어둠 속에 혼자 앉아 있다가
하늘의 배꼽인 달 속을 무심코 파냈다
이게 그대와 연결된 끈을 잘라낸 흔적이라지
뱃살을 툭툭 때리면
달이 출렁출렁 흔들린다

툭툭, 철렁철렁,
내 배꼽 속으로 달빛이 뿌리를 뻗으며 들어온다
아무도 없는 밤에 무덤 옆에 누우면

광인

— 무덤 박물관에서

비 내린 후의 풀밭에서
미친 여자는 발을 씻고 있었다
풀밭에 발을 담근 채
두 손으로 정성껏 맨발을 씻고 있었다
무덤 관리인이 소리를 지르면
번쩍 고개를 들어
영혼의 동쪽인 마을 입구의 슈퍼마켓 앞에서
잠시 쭈그리고 앉아 있곤 했다
이마를 가린 하얀 머리칼에서
아직도 뚝뚝 빗방울이 떨어졌다
함부로 말을 걸거나
들여다볼 수 없는 얼굴이었다
함부로 범할 수 없는 얼굴이었다
영혼 안뜰의 무서운 적막이
고여 있는

얼굴에 흑자줏빛 저승꽃 피어 있었다
이 세상의 왕비를 낳고 기른 여자의 고독이

바람 속에 잦아들고 있었다
관리인이 조금만 눈을 돌리면
어느새 달려와 풀밭의 세숫대야에 발을 담그고
정성껏 씻어냈다
풀밭에 고인 물에 발을 씻는 여자
영혼의 이쪽과 저쪽의 영매靈媒인 듯도 한
흰옷 입은 늙은 여자
그 여자와 연결된 생生의 안쪽에서는
여전히 폭우가 쏟아지고 있겠다

구산동 고분군* 가는 길
— 무덤 박물관에서

사라진 것들은 그냥 돌아오는 법이 없네
이 무더운 여름날
헉헉거리며 숨을 다 세상에 쏟아내며
내가 기어코 찾아가야 하네
불러내야 하네 전화를 하고
그의 집 앞까지 찾아가서 쾅쾅 문을 두드려야 하네
개똥을 밟고 소똥을 밟고
질척질척한 세월을 건너가야 하네
사라진 것들의 너무 빠른 보행을 따라잡을 수 없네
내가 버스 정류소에 내리면 그는 벌써
집까지 다 갔다 하고
내가 그의 집 앞에 당도하면
그는 벌써 하늘에 닿았다 하네
내가 하늘에 당도하면
그는 이미 땅에 내려왔다 하고

골목을 돌고 언덕을 오르고 매화나무를 지나고
탱자나무를 지나도

침묵의 피안彼岸,

그의 집에 당도할 수 없네

*김해시 구산동 수로왕비릉 옆에 있다. 개발이 안 된 마을을 지나 개들의 집단 천국 같은 창고와 비닐하우스와 매실나무들과 탱자나무 울타리를 지나면 산밑에 웅크리고 있는 몇 채의 무덤을 만난다. 묶여 있는 개들은 낯선 자를 보면 갑자기 찾아오는 죽음처럼 한꺼번에 짖어댄다. 허연 침을 흘리며 짖어대는 개들을 지나 겨우 구산동 고분군에 닿았다.

그대의 유품
— 무덤 박물관에서

당신의 몸에서 나왔다
쇠뿔손잡이항아리 청동솥 청동거울 화로모양토기
손잡이굽잔 긴목항아리 바리형그릇받침 오리모양토
기 납작바닥긴목항아리 말모양띠고리 호랑이모양띠
고리 돼지이빨팔찌 말투구갑옷 창 굽은손칼 청동팔찌
목걸이

흙벽을 깎아 당신의 기억을 수습하였다
정밀한 고요가 턱턱 날아가
유골을 수습하는 손을 붙잡는다
흰 뼈가 미소 짓는 걸 본다

당신의 몸에서 나왔다
은행나무와 느릅나무와 산사나무의 씨앗들 웃음
과 눈물과 증오와 배반의 씨앗들 사랑과 이별의 씨앗
들 아침과 저녁과 생년월일生年月日 짧은 한 줄의 섹스
저 간절한 봄날의 길 한쪽!

당신은 나의 기억이다

지금은 시치미를 뚝 떼고 입이 찢어져라 웃고 있지만
당신의 유골이 기억하는 것 또한
어디로 흘러가 사라져버린 핏물이 아닐까
당신이 타고 가버린 상자의 벽을 긁어본다
기다렸다는 듯 관짝이 벌어진다
지극하다 천천히 태어나는 저 남자

지도
— 무덤 박물관에서

지도 속에 살구꽃과
버드나무와 산사나무는 왜 그려 넣지 않는가
살구꽃 그늘과 버드나무에 사는 벌레와
생生의 휠체어와 유모차는 왜 그려 넣지 않는가
붉은빛과 보랏빛과 푸른빛은 왜 색칠해 넣지 않는가
골짜기와 흡혈귀와
달과 태양은 왜 그려 넣지 않는가
물위의 파문처럼
일생 동안 번져 나간 사랑은 왜 그려 넣지 않는가

무덤 속의 지도 한 장에는
흐릿하게 지워진 채 그려진 것들이 많아
누런 지도 속에 살구꽃과
푸른 하늘과 눈보라와 빗방울의 영혼이
추억처럼 차갑게 눌어붙어 있다
바람 속에서 다가온 것들, 바람 속에서 떠난 것들
왜 그려 넣지 않는가
사랑과 눈물과 휘청거리는 꿈은 왜 그려 넣지 않는가

무덤 밖의 지도

— 무덤 박물관에서

사방이 탁 트여서 사방이 막힌 곳
입구와 출구를 이야기할 때
당신은 얼마나 막막한가
길 한가운데 서서 눈앞이 캄캄해질 때

이 세상의 지도는 나를 그대에게
데려다 줄 수 없다는 것을 알았다
지도 속의 길을 따라가면 갈수록
그대에게 가는 길이 더 멀어진다는 것을 알았다
길을 잃고 헤매야
길의 껍질을 벗겨낼 수 있는 것이다
저녁 무렵 낯선 길에 서서
그대를 발견하고 그대의 맨살을 만지고
정신이 번쩍 들어 그대를 떠나오면서
비로소 삶의 지도에 핏줄을 그려 넣게 된다
이글대는 핏줄의 길을

사방이 탁 트여서 사방이 막힌

이곳에서의 사랑은 가느다란 여뀌풀이다
그러고도 또 얼마나 뻗어나가
세상을 뒤덮을 것인가
여뀌풀의 놀라운 번식력이 길을 뒤덮고
지도의 내장 속으로 나는 걸어가
지도의 내장 밖으로 사라지는 중이다
안과 밖이 점점 가까워지고 있다

토우

— 무덤 박물관에서

어떤 이가 공기를 껴안는다
어떤 이가 시간을 껴안는다
어떤 이가 적막을 껴안는다
어떤 이가 우레를 껴안는다

목련이 피는데, 개나리가 피는데, 진달래가 피는데,
꽃샘추위가 오는데, 황사가 밀려오는데

흙으로 빚어진 어떤 이가
똥 누는 자세로 아직도 참선 중이시다

매우 고요한 골방
해마다 꽃들이 그의 방문 앞을 지나간다
제비꽃이 피는데, 패랭이가 피는데, 할미꽃이 피는
데,
낮은 데로 임하여 핀 꽃들 사이에 앉아
흙으로 빚어진 어떤 이가

봄의 환幻
— 무덤 박물관에서

한때는 나도 무덤 위를
마구 뛰어다니며 놀았지요
힘껏 무덤을 밟으며 뛰어놀 때는
생이 봉긋한 무덤처럼
아름다울 거라 기대했었지요
불룩한 등처럼
따뜻할 거라 생각했었지요
사소한 오해로 친구가 떠나지 않고
권태로 사랑이 떠나지 않고
목숨은 영원할 거라고

대책 없이 무덤에 올라
아직 태어나지 않은 무언가를 기다렸지요
귀를 기울이고 무덤 속의
숨결을 들으려고 했었지요
어린 시절 내가 기다린 것들이
그때 태어나지 않고 무덤 속에 있었던 것들이
위독한 병病인 줄 까마득히 몰랐지요

어린 시절 후두둑 달려오던 봄날처럼
올해도 보랏빛 제비꽃이 무덤 위에 피었네요

혼자서는 무덤도 두려운 내부다
—무덤 박물관에서

영남대학교 사학과 학생들이 단체로 무덤 관람을
왔다
관광버스를 타고 봉긋봉긋한 가슴을 내밀며
더러는 우산을 쓴 소녀들

무덤 안으로 양떼들이 몰려간다
성스러운 젊은 피들이 한꺼번에 몰려간다
그들은 어두컴컴한
'체험 엘리베이터' 속으로 거침없이 들어간다

— 본 엘리베이터는 지하로 내려가면서
무덤 내부를 체험하는 공간입니다—

무덤 내부를 체험하는 공간이라!
나는 이 엘리베이터 앞에 몇 번인가 서 있었다
한동안 그냥 서 있기만 했었다
혼자서는 무덤도 두려운 내부다
살아서는 혼자 무덤의 내부에 이르지 못한다

나는 왜 무덤의 내부를 상상할 수 없는 것일까
상상조차 되지 않는 내부에 혼자 들어가는 건
언제나 두려운 일이다
텅 비어 있을까, 구름이 떠다니는 건 아니겠지,
어쩌면 한 줌의 흙 위에
보랏빛 제비꽃이 피어 있을지도 모르겠다

무덤으로 내려가는 엘리베이터 앞에서
삶을 누를까, 죽음을 누를까
고민하면서 봄날 내내 서성거렸다

풀을 베다
— 무덤 박물관에서

더운 한낮
자귀나무가 들여다보는 박물관 뜰이 영안실처럼
고요하다

방금 풀들을 벤 듯하다
나무 그늘 속에 잠긴 의자에 앉아
사방으로 번지는 풀들의 냄새를 맡는다
사방으로 잘려나간 머리들이 바람 속에서 휘날린다

허공에서 파문처럼 술렁이는 백만 군대의 풀들
누가 거웃처럼 자란 그들의 목을 잘라냈는가
누가 미칠 듯 살아 있는 풀의 비명을 잘라냈는가
키 큰 풀밭 안에서 휙휙 도망치던 고양이
지상에 내려와 먹이를 찾던 새들
느릿느릿 산책하던 달팽이
푸른 목울대 가득 감춰두었던 울음

까까머리 풀밭에선 다 보인다

박물관의 식구인 야생 고양이가 몇 마린지
까치와 비둘기가 어떻게 만나는지
죽은 달팽이의 집이 어떻게 뒤집혀 나뒹구는지
오, 잘려나간 풀의 숫자들을 나는 기록할 수 없지만
파르라니 둥근 무덤이
한낮의 구멍 속에서 몸을 열고 있었다

새

— 무덤 박물관에서

『삼국지』위서동이전의 변진조에는 '큰 새의 깃털을
사용하여 장사를 지내는데, 그것은 죽은 사람이 새처
럼 날아다니라는 뜻이다'라고 기록되어 있다.

산의 능선이 팽팽하다
꼭대기에 누각 한 채
해 질 무렵의 하늘은 잠깐 환해지고
산은 짙은 군청색
그때, 캄캄한 누각의 아랫도리를 열고
새 한 마리가 날아간다

우리들의 누각엔 신병神病이 있다
훨훨 날아가거나, 훨훨 누군가를 불러들일 수 있는
우리들의 몸엔 신병이 있다
시름시름 앓거나 시름시름 그리운 누군가 살고 있다
몸의 분화구에
그 배꼽에 웅크리고 앉아 있던 새 한 마리
탯줄을 끊고 날아간다

전생을 끊고 후생으로 사라진

몸속 누각엔

흙으로 빚어진 새 한 마리 살고 있다

네트워크는 어디든 있다
— 무덤 박물관에서

꽃과 잎사귀가 만나는 가지 끝에
나비가 날아와 앉는다
꽃과 잎사귀가 칼처럼 뾰로통해졌는데
벌레 한 마리가 그 위에 알을 낳는다
날카로운 한끝을 붙잡고
아슬아슬하게 생을 건너가고 있는 것들
꽃과 잎사귀의 네트워크인 저 나뭇가지들
공중누각인 우리의 방을
지상과 은밀하게 연결해 놓은 것은 허공이다
이 세상에 허공의 만다라처럼 무덤이 열려 있고
우리는 그 속으로 들어간다
우리는 삶에도 죽음에도 사로잡혀 있다
사로잡힌다는 말이 연결해 놓은
너와 나

둥근 무덤들이 날갯죽지를 펼쳐
가만가만 주검을 뒤덮고 있는 가야의 숲
네트워크는 직선이 아니다

저리 둥근 곡선인 것
곡선이 하늘과 땅을, 죽음과 삶을 통하게 한다
박물관 뜰에서 비둘기와 참새를 만나게 한다
비 내리는 날 너와 나를 만나게 하고
아아, 꽃과 잎사귀가 만나는 가지 끝을
오후의 허공이 후려치고 간다
휘어지는 가지 끝에서 떨어지는 꽃잎들
이렇게 갑자기
우리는 헤어졌다가 다시 만나기도 한다

바람 궁전

─ 무덤 박물관에서

바람이 설계를 하고 바람이 나무를 깎고 바람이 정원을 가꾸고 바람이 구중궁궐 방을 만들고 바람이 외할머니를 데려가고 바람이 언니를 데려가고 바람이 어머니를 데려가고 바람이 나를 데려가고 바람이 따뜻한 아랫목을 만들고 바람이 마음을 토닥여 주고 바람이

모든 것을 데리고 가네 저 둥근 무덤 안에 모든 게 다 들어 있네 지붕 위에는 아직도 폭설과 폭우, 우박과 우레, 무덤 속의 등불 아래서 치욕의 문장을 짓고 있는 자들의 머리 위에 쏟아지네 귀밑 가득 바람이 긁고 간 흔적, 서리 쌓인 방문 앞에서 아직도 바람이 집을 짓고 있네 모든 것을 데리고 가네

노출 전시관에서

— 무덤 박물관에서

들어오라고 손짓하는 것인지
그만 나가라고 손을 흔드는 것인지
무덤의 밑구멍에 화살표 하나가 그려져 있다
누워 있는 시체처럼 꽁꽁 얼어붙어 있다

뚜껑 열린 무덤을 들여다보는 일
난간을 붙잡고 휘청거리다보면 한순간의 실수로
저 아래 구덩이로 빠질 수도 있다
습관적으로 두 다리에 힘을 준다
난간을 붙잡은 손에도 힘을 준다
매 순간마다 이런 느낌이었지
까마득한 낭떠러지에서 풀썩 뛰어내리고 싶은

희망도 습관이어서 나는 아직 살아남았다

길 위에 그려진 화살표와
무덤 바닥에 그려진 화살표가 문득 겹쳐져
햇볕 속으로 사라지고 있었다

너에게 가는 길

— 무덤 박물관에서

살아가는 일이 화살표 하나를 따라가는 것이어서
매표소에 들러 표 한 장을 끊고
새의 주둥이 같은 화살표를 따라갔다
걱정하지 않아도 된다
이 무덤에는 길을 가르쳐 주는 안내인이 있고
입구와 출구가 친절하게 표시되어 있다
적어도 나는 행방불명 따윈 되지 않을 것이다
안심이 된다

너에게 가는 모든 길은 화살표와 연결되어 있다
전봇대에 납작 붙어 있는
흰 종이 위의 화살표를 따라
너를 만나러 간 적도 있고
병원 영안실의 화살표를 따라
너를 찾으러 간 적이 있다
너를 만나러 가는 길은
어렵지 않아 좋다

어떤 땐 그렇게
단순 명료한 대답에 도달해서
입구와 출구를 번갈아 보며
나는 퇴화된 인간처럼 순진해진다

무덤 속으로의 긴 산책에 대하여
— 무덤 박물관에서

무덤 속으로의 긴 산책에 대하여
그대는 이야기합니다
납골당 같은 아파트를 빠져나와
푸른빛의 무덤과 무덤 사이를 지나
혼자 들어가야 할 곳!

나는 한 마리 짐승처럼
어둠 속의 불빛을 향해 손을 뻗습니다
가로등이 켜지면
그 불빛 아래서
사람들은 훌렁훌렁 줄넘기를 하거나
맨손 체조를 하기도 합니다

맞은편 헬스클럽에서 헐떡거리는 소리가
두통처럼 유리창을 뚫고 나옵니다
두통은 그대의 오랜 지병이라
두 팔과 두 다리와 가슴이
아무렇지도 않게 펄떡펄떡 뜁니다

그대는 무덤 속으로의

긴 산책에 대하여 글을 쓰기 위하여

경보 선수처럼 무덤 공원을 걸어 다니는 사람들
틈에

일생을 우두커니 서 있는 것입니다

수로왕릉 가는 길

봄날 수로왕릉을 지나는데 차가 막힌다
진득진득한 아스팔트의 목구멍에서 피어오르는 꽃
조문처럼 천천히 우울하게
차들이 공기 속으로 떠오른다

전봇대에 앉아 있는 비둘기가 툭, 떨어질 것 같은
오후
부의 봉투처럼 납작하게
자동차 뒷바퀴에 깔려 죽은 비둘기를 본 적이 있다
허공의 한 행 한 행이 길게 이어진 길이
햇살 속에 보였다

수로왕릉에서 그대의 아파트로 가는 길은
천로역정의 먼 길
비명과 노래의 길이다

무수히 빛나는 해의 끈들이 내려온다
나는 따뜻한 공기의 풍랑을 견뎌야 한다

졸음을 밀치며 자꾸만 떠오르는 몸, 몸을 잡아 앉힌
다
그대의 아파트가 보이기 시작하는 수로왕릉 앞
이곳에서부터 그대의 집까지는
너무 멀다

월도月刀
— 대성동 23호 출토

나뭇가지 끝에 매달린 달이 발굴되었다
시간이 고스란히 붉은 녹으로 쌓인 초승달
포개진 두 입술 중에 하나를 베어낸 듯
날카로운 비명이 녹 안에 감춰져 있었다
비명은 칼의 전부가 되어 유리관 밖으로 터져 나왔다
무언가를 토막 낼 듯이 저벅저벅 돌아다녔다
너무 오래 혼자 있었다고
뼛가루 날리는 공기 속을 헤집고 다녔다
나는 날을 세운 것들을 두려워한다
눈빛만으로도 누군가의 목을 차갑게 베어내는

전시장에서 우연히 본 칼이
집까지 뒤따라와 내 등을 툭, 친다
그게 기억이다

어느 날 문득 한밤중에 깨어나
내 입술을 닮은 칼이 도마 위에서 빛나는 걸 본다
누군가를 기다리는 것인가

부욱 찢어진 달을 업은 채 나무 도마 위에서 서성
이는
　칼, 칼이 자라고 있다

파사 석탑*을 보며

여자의 몸 안에
토마토가 한 개 두 개 세 개

네 개 다섯 개 여섯 개

죽은 나비 한 마리만이
날개를 파들파들 떨며
허공에 쌓아 놓은
저 토마토를 즐기고 있군!

* 수로왕비 '허황옥'이 서역 아유타국에서 바다를 건너 가락국
에 올 때 싣고 왔다고 전해지는 돌이다. 부모의 명을 빈은 허황옥은
하늘이 점지한 남편을 찾아 배를 타고 긴 여행길에 올랐다. 그런데
출발한 지 얼마 안 되었을 때, 잔잔하던 바다에 갑자기 돌풍이 몰아
치며 집채만 한 파도가 금방이라도 배를 집어삼킬 기세로 달려들기
시작했다. 배는 오도 가도 못 하고 파도에 휩싸여서 기우뚱거리기
만 했다. 도저히 더 이상 항해를 계속할 수 없다고 생각한 공주는 뱃
머리를 돌려 고향으로 돌아왔다. 부왕은 되돌아온 딸을 보고 깜짝
놀라서 연유를 물었다. "떠난 지 얼마 안 돼서 갑자기 파도가 거세
지고 돌풍이 불어 도저히 항해를 계속할 수가 없었어요." "으음, 잔
잔하던 바다에 갑자기 파도가 쳤다니 이건 바다의 신이 노한 탓이
구나 내가 파사탑을 줄 테니 배에 싣고 가거라. 네가 무사히 도착하
도록 신이 보호해 주실 것이다." 그리고 부왕은 파사탑을 내주었다.
과연 배에 탑을 실은 뒤로는 파도도 잠잠해져서 배는 순풍에 돛을
달고 무사히 목적지까지 갈 수 있었다. 파사석은 우리나라에는 없
는 돌로 붉은빛 무늬가 남아 있고 닭 벼슬의 피를 떨구면 굳지 않는
다고 전해진다. (인터넷 검색 '야후'에서)

가락국에서 쓰는 편지

　겨울이 가고 나의 기원에 대해 생각하는 봄입니다 제비꽃 민들레 복수초 할미꽃 씀바귀 뜯으러 돌아다 닌 적도 있습니다만 그보다는 저 비릿한 흙의 냄새, 풀 밭에 온몸을 비비며 드러누워 한나절을 보낸 기억이 목에 걸립니다 언제나 무덤 주변이었습니다 무덤 냄 새를 맡다가 흡! 알 수 없는 숨막힘에 흙밥을 주워 먹 었습니다 뭉클거리는 아랫배를 감싸쥐고 나의 기원에 대해 생각하는 봄입니다

　거인을 맞이하기 위하여 부풀어 오르는 배

　나는 아홉 명의 사내와 한 명의 거인을 낳았습니다 나는 여기저기 툭툭 터진 몸을 치료했고 웅성거리는 소문을 잠재웠고 긴 세월 푸른 무덤으로 환생하였습 니다 돌아오지 않는 당신을 기다리며 꽃을 꺾었습니 다 손바닥에 피고름이 맺히는 봄입니다 봄이 가고 여 름이 가고

　가을이 가고 나의 기원에 대해 다시 생각해보는 겨 울, 눈송이가 망설임 없이 둥근 무덤 위에 떨어지고 있 습니다 무덤 속에서는 봄의 눈시울이 붉게 충혈되어

끙끙 앓고 있습니다 들숨과 날숨을 쉬며 가랑이를 조
금씩 벌려 꽃을 낳는 중입니다 녹은 눈송이가 축축하
게 무덤의 입구를 열고 있습니다 나는 지난봄 꽃을 꺾
었던 손으로 반달 같은 아랫배를 두드립니다 이 얼마
나 아름다운 나만의 국가입니까? 한 명의 거인과 아홉
명의 사내가 다스리는 나라, 나의 아들들이 태어났고
사라진 이곳

3부

얼음 위의 맨발들

저수지가 얼어붙었다
아득한 하늘을 날아온 청둥오리들이
먹이를 찾아 얼음 위에 내려앉았다

붉은 맨발들이
얼음을 뚫고 뻗어 나온 뿌리들처럼 튼실하다
때때로 논밭의 흙덩이를 밀어냈을 맨발들
공기 더미 속을 가르며
저항하듯 날아와 꽁꽁 언 저수지에
제 자신을 비춰본다

쉽게 깨지진 않을 것이다
얼음 속에는
들풀들이 핏줄처럼 번져 있고
어린 물고기들이 헤엄치고 있다
붉은 맨발들이 왈칵, 따뜻해진다
모가지에 핏방울이 맺힌다
외마디 울음을 내지르기 전에

새들은 한 번 더 얼음 속을 들여다본다
얼음 속에도 맨발로 날아올라야 할 허공을
우두커니 바라보는 새들이 가득하다

우물

떨어지면서 잠꼬대를 하지
나는 추락하고 있는 건가
솟구치고 있는 건가
구원받고 있는 건가
한쪽 눈 질끈 감은 채
죽은 강아지를
외눈박이 우물 속으로 집어던지지
내 두 팔을 타워 크레인처럼 걸려
공중에서 허우적거리지
우물 속에 귀를 갖다 대도
강아지가 바닥에 떨어지는 소리가 안 들리지

아직도 떨어지고 있는 건가
삼십 년이 흘렀는데

허물

누가 벗어 놓은 옷인가
초여름 풀밭 위에 걸쳐 있는 한 벌의 흰 옷
비에 젖고 있다
천 겹의 구멍을 통과해 나도 닿고 싶은 곳이 있으나
울어야 할 목젖도 없고
보여줄 붉은 심장도 없고

몸이라는 것은
뱀이 벗어두고 간 저 하얀 허물처럼
때때로 심연 없는 아름다움으로 기억될 수 있는 것

뱀은 초여름 풀밭을 지나면서
제 마음마저 벗어 던진 것인가
우리가 통과하지 못하는 마음의 허물이
풀밭에서 비 맞고 있다
뼈 사이에 걸려 있는 핏덩이 내게도 그것이 아직 있
으나

뱀이 훌쩍 벗어두고 간
텅 빈 허물 안에서 두근거리는 심연
빗줄기는 초목처럼 쏟아지고
그도 마음 하나 두고 온
풀밭의 눈꺼풀을 들어 올려 오래 들여다보았을 것
이다
두근거리는 누군가,
풀의 장칼이 우리의 목을 치려고 달려들고

마음이라는 표범 한 마리

표범은 그와 나 사이의 일주문이다
우리는 그곳을 통과해 서로 만나곤 한다
야수성을 가진 마음이 직립으로 서 있다
왜 마음은 휘어지지 않는 것일까
납작하게 짓눌러지지 않는 것일까

온몸에 풍랑을 그린 짐승처럼 바람이 분다
허공에 바람의 무늬가 구불구불하게 새겨져 있다
낙동강 가의 모래밭처럼
사하라 사막의 모래 능선처럼

마음은 왜 바싹 타서 사라져버리지 않을까
펄떡이는 풀밭 위를 달려가는
마음이라는 짐승 한 마리
앉아 있는 마음이 달려나가는 마음을 붙잡는다
내 몸의 주인이 누군지 모르겠다

불길한 짐승 한 마리가 웅크리고 앉아 있는

마음에 바람이 분다
표범의 등줄기가 꿈틀거린다
표범은 일테면 그와 나 사이의 일주문이다
언제부터 내 안을 들락거리게 되었는지
언제부터 마음으로 둔갑해
내 몸에 들앉게 되었는지 그건 나도 모른다

새의 부족

내 가랑이에 조그만
쇠사슬이 걸려 있다
보도블록을 발이 부르트도록
걸어 다닌 뒤 아랫도리를 살펴보면
내 몸속의 필라멘트가
툭툭 끊어져 있다
공포가 살을 뚫고 들어온다
황학동에서 구관조 한 마리를 만난 뒤
내 가랑이에 조그만 쇠사슬이
끊임없이 쩔렁거린다
몸속의 필라멘트가 끊어졌다
오랜 나날 쇠사슬에 문드러진
구관조의 발이 허공으로 날아갔다
구관조는 이제 날기를 포기했나?
이 거리에 쉬면서 다른 한쪽 발로
사슬에 묶인 다른 한쪽 발목을
피가 나도록 긁어댈 뿐이다
배운 말이 있지만

말조차도 귀찮은 듯 구관조는
삶과 죽음이 다 귀찮은 듯
발목만 응시한 채 고개 처박고 있다
이 수상한 도시가 새를 다 날려버렸나
잡아먹었나

낯선 평화

국도에서 본 상점들은
얇은 유리 피막 속에서 어두컴컴하다
상점의 아가미를 열고 들어간다
먼 데서 뛰어온 사람처럼 숨을 헐떡이며
생生을 주문한다
방금 구운 따뜻한 빵과 우유를

빵들은 피해망상처럼 부풀어 있다
우유 대신 젖소 한 마리가 걸어나온다
나는 오장육부의 평화를 주문한다
젖소가 흰 젖을 짜서 내게 준다
내가 젖을 벌컥벌컥 마시자 소가 운다
그 울음소리 목에 걸려 내려가지 않는다

배가 고파 미궁의 길을 뜯어먹고
배가 고파 환각의 유리 피막을 깬다
사실, 국도에서 만나는 모든 집들이란
내게 궤짝처럼 쓸모없는 것들이다

싱싱한 밤의 물고기들이 모두 빠져나간
텅 빈 나무 궤짝들
습습한 곰팡이 냄새의 빵을 훔쳐먹고
또다시 국도를 달려
어디 먼 곳을 찾아가는 사람처럼
제자리, 멀리, 뛰어보기!

모서리를 향해 걸어가는 삶이

지네 한 마리가 몸속으로 기어드네
다족류의 끈적한 욕망이
나를 슬그머니 먹어치우려고
벽 천장의 모서리에서 살금살금 내려오네
모서리에 찔려 문득 피 한 방울 굴러떨어지네
방안에 모서리에 중독된 여자가 사네
몸이 거꾸로 뒤집혀 아으, 저 많은 삶의 다리로
허공을 바득바득 긁어대네
추억의 모서리는 복잡하게 얽혀 있고
빠져나갈 수 없는 구멍처럼 아프다네
지네의 오줌 자국과 곰팡이가 번져 있는 벽지에
무용총이 그려져 있고

지네 한 마리가 빠져나갈 수 없는
모서리를 향해 밤의 벽을 타오르고 있네
피가 흐르는 벽
부어오른 벽이 나를 지탱하고 있네
모서리에 찔려 우수수 떨어지는

삶에 중독된 이 다리들
그리하여 살아가는

붉은 태양이 거미를 문다[*]

일몰 무렵이던가
아이를 지우고 집으로 가는 길
태양이 내 손을 잡고 어디론가 갔다
그 후론 내 몸에 온통 물린 자국들이다
칸나를 보면 그때가 생각난다
칸나 잎사귀 사이의 투명한 거미집
불룩한 배에 노란 줄무늬의
거미가 천천히 허공으로 빨려 들어간다
저, 불룩한 배를 터뜨리고 싶다
붉은 태양이 거미를 물고 사라진다
거미는 무거운 배를 끌어안고 천천히
태양의 산부인과로 들어간다
집게로 끄집어낸 태아들이
여름 대낮 칸나로 피어난다
관 뚜껑이 열리듯 꽃이 피면
내 몸은 쫙쫙 찢어진 꽃잎이 된다

*호안 미로의 그림 제목

왕따

창원대학교 기숙사 앞
호수에 살고 있는 오리 무리 중에
대가리가 붉게 벗겨진 놈이 있다

그놈의 대가리를 보고 있으면
꽃핀 세계의 입구가 보인다

대가리에 피가 흘러도
그놈은 무리를 이탈하지 않으려고 버둥거린다
꺼억꺼억, 악악, 턱에 힘을 주며 울다가
오리 무리가 사라진 호수 쪽으로
황급히 뛰어간다

제 편을 들어주는 사람보다
자신을 괴롭히는 오리의 나라로
헐레벌떡 뛰어가는 왕따 오리 한 마리

그놈의 파헤쳐진 대가리에는

노을 한 통이 쏟아져 있다
우리가 달리다가 문득 밟게 되는 것

코를 싸쥐고 달아나다가 뒤돌아보게 되는 것
저 오리는
내 몸의 왕따인 심장이 분명하다

밤길

밀양 매화리에서 길을 잃었다
초여름 잘못 든 밤길은
날개 찢긴 새 한 마리가 누워 있는 모습이었다
양날개를 길 밖으로 늘어뜨린 채
죽어 있는 새
나는 그 새의 몸속을 천천히 통과하며
사랑은 짓물러 터지지도 않는
불멸의 미라 같은 거라고 생각했다
길가의 꽃을 꺾었다
어떤 꽃들은 모가지가 잘리고
어떤 꽃들은 뿌리째 뽑혀 내 몸에 꽂혔다
그가 꽂아준 치욕의 꽃들은 시들지도 않았다
몇 달 동안 밤만 있고 대낮이 오지 않던

매화리의 길

우리는 밤마다 미라처럼 일어나서
또 매화리에 꽃을 꺾으러 가고
아슬아슬하게 길 안과 길 밖을 넘나들었다
죽은 새의 날개 속에 감춰진 길을 가며
즐겁게, 즐겁게 길을 잃었다
그러다가 길이 푸드득
날개를 펼치고 날아가 버릴까 봐 불안했다
갑자기 대낮이 올까 봐 불안했고
무엇보다 길 위에 환한 달이 떠
납작 엎드려 있던 새가 사라지고
길이 뚜렷이 들여다보일까 봐 무서웠다
캄캄한 적막 속에서 우리는 매화리까지만 가 보았다
매화리 가는 길은 자주 바뀐다

봄,봄,봄

비 내리는 오전에 나왔는데 벌써 햇살이 비치는 오
후다

햇살 비치는 오후에 나왔는데 벌써 비 내리는 오전
이다

문득, 흙부스러기로 반죽된 하늘이 집요하게 몸을
털어낸다

황사.............,

불어닥치자 그 안에서 꽃들은 목젖을 드러내고 핀
다

이상하게도 핏빛 꽃이 두려운 날이다

이상하게도 바람의 입술이 한쪽으로 돌아가 있다

봄이 사라졌을 때 나는 따라가지 못했다

그가 가고, 나는 먼지바람 속에 혼자 남았다

이상하게도 봄,봄,봄이 아니고 여전히 겨울이다

죽은 양¥에게

너의 뿔은 여전히 아름답구나
지금은 겨울이니까 살과 피가 돋아나지 않는단다
차가운 계곡에서
긴 목을 늘어뜨린 채 죽어 있는 양¥이여
두 다리를 어느 세상에 넣어야 할지 몰라
황금빛 낙엽 속에 넣었구나
목이 마르면 네 영혼은 계곡의 맑은 물을 마시겠지
너는 아직도 두 개의 건강한 뿔을 가졌구나
토막 나지 않은 걸 보니
누군가 게걸스럽게 너를 먹지 않았나 보다
바람이 누군가를 불러오고
바람이 누군가에게 너의 영혼을 데리고 갔구나
어쩌면 너는 그렇게 순진하게
아직도 웃고 있느냐
어쩌면 너는 그렇게 돌들의 시간에 누워
아직도 어색하게 살아 있느냐
너는 아직도 세상을 향해 두 개의 뿔을 치켜들고
예절을 갖추고 있다

정승골 계곡에서 죽은 양羊을 위한 습작

바람의 몸이 되기 위하여
너는 얼마나 오랜 시간을 피 흘리며 몸부림쳤느냐

우리는 다만
겨울 산행에 넋을 잃어
꽃잎 하나, 이파리 하나 없는 수천 그루 나무를 지
나고
무너질 것 같은 시간을 지나고

발 헛디뎌 미끄러진 계곡에서 너의 유골을 보았다
하얀 털을 벗고 살을 벗고 비로소 드러난 너의 차가
운 뼈

너무 멀리 떠난 이 앞에서는 왜 이렇게 몸이 아픈 것
일까
바람마저 너를 온전히 데리고 가지 못하는구나
너의 피를 다 빨아먹은 대지는
벌써 푸른 싹 몇 개를 들어 올린다

양羊, 혹은

햇살과 그늘과 바람이 뼈 안으로 흐르고 있다
너의 성기性器는 아무리 찾아봐도 보이지 않았고
이런, 아직도 간지럼을 타는구나
음메 음메, 울기는

상실

잃어버린 것들을 수확하는 밤이 온다
뿌리째 뽑혀 올라온 슬픔에는
아흔아홉의 꼬리가 달려 있다
아흔아홉의 꼬리가,

바람이 끌고 간 것들이 돌아오는 밤
그들은 어디든 가고 어디든 가지 않는다
그들은 끝없이 잃고 또 끝없이 얻는다
저 단단한 보도블록 안에 숨겨 놓은 추억이 있듯이
우리는 무언가를 감추고 있다

아흔아홉의 꼬리를 흔들며 기억이 지워진다
치매처럼 잃어버린 기억들이 끌려 올라온다
순간을 얻고 백 년을 잃는다
천 년을 얻고 백 년을 잃은 채 돌아오는 시간으로
나는 또박또박 뚜벅뚜벅 걸어갈 것이다*
나는 또박또박 뚜벅뚜벅 걸어갈 것이다

*덴마크 동화 『가난한 사람을 돕는 냄비』와 이원의 시 「어느 길에 대한 또박또박하고 뚜벅뚜벅한 코드」에서 빌림.

무덤 속에서 피어난 몸

강경희(문학평론가)

1. 폐허가 된 여성 몸

몸은 유한하다. 그런데 몸의 유한성을 진정으로 체득하는 것은 몸의 쇠퇴를 자각하면서부터일 것이다. 서서히 "금이 가고 있는" "바람이 들고 있는" 몸, "짓뭉개져 가"고 "훼손된 것이 너무 많은" "혹사당"한 몸에 대한 인식은 박서영의 시에 근간이다. 몸이 더 이상 자신을 온전히 지탱할 수 없다고 생각될 때 삶은 고통스럽다. 또한 쫓기듯 "어디로 빨려 들어가고 있는지 모르는" "가파른 생生"(「견인차에 시계가 매달려 있다」)의 시간은 우리를 숨막히게 한다. 박서영의 시 도처에서 발견되는 '시간'과 '죽음'의 상상력은 이처럼 마멸되어 가는 '몸'에 대한 치열한 자의식의 산물이다. 특히 그의 시는 존재의 유한성과 그것을 넘어서려는 초월 의지가 여성 특유의 감수성으로 내면화된다는 점에서 보편성을 지닌다.

일몰 무렵이던가

아이를 지우고 집으로 가는 길

태양이 내 손을 잡고 어디론가 갔다

그 후론 내 몸에 온통 물린 자국들이다

　　　　　　　—「붉은 태양이 거미를 문다」 부분

내 가랑이에 조그만

쇠사슬이 걸려 있다

보도블록을 발이 부르트도록

걸어 다닌 뒤 아랫도리를 살펴보면

내 몸속의 필라멘트가

툭툭 끊어져 있다

공포가 살을 뚫고 들어온다

　　　　　　　　　　—「새의 부족」 부분

　박서영의 시에 드러난 여성의 몸은 상처와 공포로
얼룩져 있다. "아이를 지우고 집으로 가는 길"은 고통
스러운 길이다. 이러한 고통은 "내 몸에 온통 물린 자
국들"을 남긴다. 몸에 남겨진 흉터(물린 자국들)는 지
울 수 없는 상처로 각인된다. 이 치유될 수 없는 고통

의 흔적은 존재를 한없이 무겁게 만든다. "내 가랑이에 조그만/쇠사슬이 걸려 있다"는 고백처럼 그는 "발이 부르트도록/걸어 다"녀도 자신을 옭아매는 무거운 몸의 '쇠사슬'을 떨쳐내지 못한다. 몸을 휘감고 있는 존재의 무거운 '쇠사슬'은 끝내 "살을 뚫고 들어"오는 "공포"가 되어 시인의 의식을 짓누르는 것이다.

이러한 자의식의 공포는 "지네 한 마리가 몸속으로 기어드네(「모서리를 향해 걸어가는 삶이」)"와 같이 '다족류'의 끔찍한 형상으로 변용하기도 하고, "날개 찢긴 새 한 마리"(「밤길」), "불길한 짐승"(「마음이라는 표범 한 마리」), "대가리에 피가"(「왕따」) 흐르는 비참한 동물의 이미지로 투영되기도 한다. 부르트고, 찢겨지고, 피가 흐르는 몸은 가학과 피학의 상처로 흥건한 여성의 몸을 상징한다. 이는 폭력적 세계에서 희생되고 유린된 여성의 몸을 의미한다.

여자의 몸 안에
토마토가 한 개 두 개 세 개

네 개 다섯 개 여섯 개

죽은 나비 한 마리만이

날개를 파들파들 떨며

허공에 쌓아 놓은

저 토마토를 즐기고 있군!

— 「파사 석탑을 보며」 전문

여자의 몸 안에는 붉은 '토마토'가 열린다. 토마토의
붉은 과즙은 "죽은 나비 한 마리"를 위한 것이다. "날
개를 파들파들 떨며" 안간힘을 다해 토마토의 붉은 과
즙을 "즐기고" 있는 나비 한 마리는 이미 죽은 존재이
다. 그러나 죽은 후에도 나비는 탐닉을 멈추지 않는다.
여성의 강인한 본능이 열어 놓은 생산성의 세계는 죽
은 나비로 상징되는 남성의 욕망과 유희의 대상으로
전락된다. 다시 말해 여성의 생산성은 생명을 보육하
고 자양하는 것이 아니라 무가치한 몸이 되어 "허공"
속에서 탕진되는 것이다.

이처럼 박서영에게 몸은 긍정적인 대상으로 인식되
지 않는다. 그에게 "몸이라는 것은/뱀이 벗어두고 간
저 하얀 허물"(「허물」)로 비유되듯이 쓸모없는 '껍질'
일 뿐이며, 또한 "내 두 팔은 타워 크레인처럼 걸려/공
중에서 허우적거리지" (「우물」)라는 표현이 암시하듯
이 수난과 고통의 상징이 된다.

그렇다면 폐허가 된 육체가 가야 할 길은 어디인가? 박서영은 고통과 공포에 휩싸인 채 "왜 이렇게 몸이 아픈 것일까"(「정승골 계곡에서 죽은 양ㅊ을 위한 습작」)라고 탄식하기도 하며, "나는 추락하고 있는 건가"(「우물」)라는 자조적인 물음을 던지기도 하며, 또한 "내 몸의 주인이 누군지 모르겠다"(「마음이라는 표범 한 마리」)는 절망감을 드러내기도 한다. 한편 "긴 칼한 자루를 갖고 싶었다"(「해변은 어떻게 태어나는가」)라는 저항의 의지를 보여주기도 한다. 탄식, 자조, 절망, 저항의 심리는 모두 상처받은 봄과 정신의 반응기제이다. 이러한 복잡한 내면의식은 존재론적 고민과 갈등을 낳는다.

2. 흩어진 길, 가야 할 길

시간의 흔적으로 인해 길이 자주 찢어지고 절개지처럼 붉어졌다 나는 길의 돌출된 손잡이를 잡아당긴다 길은 뫼비우스의 띠처럼 끝없이 풀려 나온다 그래도 내 낡은 구두는 멈출 줄 모른다 구두 밑창에 나무가집이 관榷이 쩍쩍 달라붙기 시작한다 무수히 많은 길의 파편들, 탄식과 고통의 구멍을 스쳐 구두 밑창에 우울한 저녁은 스며든다 그래도 내 구두는 어디든 간다

정작 무거운 건 내 구두가 아니라 저 길이 아니었나 아
아 도대체 나는 흩어진 길들을 수습하지 못하겠다 길
마저 썩어 있다니

—「어디든 간다」 부분

"어디든 간다"라는 말은 '어디든 가야 한다'라는 당
위적인 의식의 표출이다. 그런데 가야 할 길은 "찢어지
고" "뫼비우스의 띠처럼" "무수히 많은 길의 파편들"을
만들어낸다. 때문에 시적 화자는 "아아 도대체 나는
흩어진 길들을 수습하지 못하겠다"며 고민한다. "내
구두"는 "멈출 줄 모르"며 '나'를 재촉하는데, 정작 어
느 길로 가야 하는지를 알지 못하는 '나'는 "탄식"과
"고통"으로 괴로워한다. 길의 방향을 정하지 못하는 화
자의 갈등은 주체의 문제이기보다는 오염된 외부 세계
의 부정성에서 기인된 것이다. "길마저 썩어 있다니"라
는 표현이 함축하듯이 부패한 세계는 '가야 할 길'을
온전히 제공하지 않는다. '가야 한다'는 목적성은 '파
편화된 길', '썩어 있는 길'로 인해 자아와 세계가 서로
소통될 수 없는 혼란을 야기한다.

이는 결국 "길 위에서 평생을 달려온 내 다리의 행
방이 묘연하다"(「마라토너」)라는 말처럼 실종된 자아
의 위기로 치닫는다. 그러나 "희망도 습관이어서 나는

아직 살아남았다"(「노출 전시관에서」)는 표현에서 알
수 있듯이 시인은 '그럼에도 불구하고' 생은 여전히 계
속될 수밖에 없다고 고백한다.

> 무덤으로 내려가는 엘리베이터 앞에서
> 삶을 누를까, 죽음을 누를까
> 고민하면서 봄날 내내 서성거렸다

> ─ 「혼자서는 무덤도 두려운 내부다」 부분

　이 시의 화자는 '삶의 길'과 '죽음의 길'이라는 두 가
지 길을 생각한다. 어느 길로 들어설지 "내내" "고민"한
다. 탄생의 계절인 "봄날" 그는 삶과 죽음을 앞에 두고
오래도록 "서성거"린다. 이 '서성거림'은 현존재의 상황
을 대변한다. 이곳과 저곳의 '사이'에 위치한 자아는 불
안하다. 그러나 한편으로는 이러한 경계는 이곳과 저
곳 사이의 '자리'를 마련하고 위태롭지만 생생하게 살
아 있는 존재감을 부여한다. 그런 점에서 박서영의 길
찾기는 자아와 세계의 경계, 삶과 죽음의 경계, 몸과 정
신의 경계를 넘나드는 사유의 긴장과 탄력을 보여준
다. 가령 「경첩에 관하여」는 몸에 대한 그의 경계론적
사유를 드러내는 대표적인 시이다.

폭풍 같은 사랑도
경첩이 있어 떠나보낼 수 있었다는 생각
온몸이 뒤틀리지 않았다는 생각
몸의 문을 열고 닫으며
살과 뼈가 소리 없이 이별을 견뎠다는 생각

몸의 경첩도 낡고 오래되면 소리를 내는가

금이 가고 있는 것이
바람이 들고 있는 것이 몸만은 아닐 것이다

무릎과 팔목과 발목
손목과 손가락의 마디마디들
아, 목이 있는 것들
몸속의 뼈들이 우지직거린다
안과 밖이 통정通情을 나누느라
경첩들이 수런거린다

—「경첩에 관하여」 부분

소진되어 가는 몸을 지켜보는 것은 고통스러운 경

험이다. 시인은 낡고 오래된 육체의 마디마디를 "경첩"
에 비유한다. "무릎과 팔목과 발목/손목과 손가락의
마디마디들/아, 목이 있는 것들"이 들려주는 "뼈들의
우지직"거리는 소리는 허물어져 가는 육체의 비명소
리이다. 그러나 몸의 통증은 절규만을 낳지 않는다. 몸
은 소중하고 아름다웠던 '기억'들을 내장하고 있는 것
이다. 그것은 자신의 내면에 각인된 수많은 삶의 풍경
들로 채워져 있다. "폭풍 같은 사랑"과 "이별"의 기억들
을 간직한 몸은 비록 낡고 허물어졌지만 끝내 자신을
지탱시킨 대상인 것이다. 이러한 인식("생각")은 파괴
되고 짓이겨진 여성의 육체를 끌어안게 되는 힘이며,
파편화된 길에서도 현존재가 가야 할 곳이 어디인지
를 모색하게 한다. 몸의 경첩이 "안과 밖"을 잇는 끈이
되듯 그는 '과거와 현재' '삶과 죽음' '이곳과 저곳' 사이
를 사유한다.

> 댓돌 위에 나란히 놓인 신발 한 켤레,
> 빨랫줄엔 며칠째 걷지 않은 듯한 옷과 이불,
> 늦은 봄날 개복숭아 나무의 병실을 떠나
> 기어코 짓뭉개져 가는 꽃잎들,
> 들어가야 할 곳과 빠져나와야 할 곳이
> 점점 같아지는 37세,

시간의 계곡을 질주하는 바람,

더 이상 내게 낙원의 개 짖는 소리는 들려주지 마!

내용 없이 울어대는 새 몇 마리,

저녁이 검은 자루처럼 우리를 덮는다

— 「빈집」 전문

　찬란한 봄이 지나가듯 빛나던 젊음의 시간도 흘러
간다. "기어코 짓뭉개져 가는 꽃잎들"처럼 생은 "질주
하는 바람"이 되어 "시간의 계곡" 앞에서 우리를 전락
하게 만든다. 「빈집」의 화자는 자신의 나이가 "들어가
야 할 곳과 빠져나와야 할 곳이/점점 같아지는" 생의
교차점에 이르렀다고 판단한다. 그에게 "37세"의 나이
는 생의 '마디'이자 삶의 '경계'인 것이다. 그는 걸어온
길과 걸어가야 할 길이 같아지는 인생의 한 지점에서
자신의 생의 허물을 아프게 응시한다. "놓인 신발 한
켤레"와 "며칠째 걷지 않은" "옷과 이불"은 쓸쓸한 생의
풍경들이다.

　그러나 시인은 감상주의에 빠지지 않으려 한다. "내
상처로 누군가 감상적이 되거나/내 뿔에 치여 누군가
우는 것도 싫다"(「뿔 위의 모자」)는 말처럼 박서영은

자신의 현재적 상황을 직시한다. "더 이상 내게 낙원의 개 짖는 소리는 들려주지 마!"라고 소리칠 때 낙원의 환상은 더 이상 이 세계가 낭만적 대상이 될 수 없음을 인식하는 태도인 것이다. 그렇다면 '낙원'을 상실한 자가 가야 할 곳은 어디인가? 그는 "검은 자루처럼 우리를 덮"는 "저녁"의 어두운 그림자를 바라본다. 육체는 허물어지고 생의 시간도 저물어 간다. 어둠을 향해 치닫는 시간 속에서 시인은 본격적으로 '죽음'을 사유하게 되는 것이다.

3. 죽음과 재생의 상상력

박서영은 '죽음'의 문제를 관념이 아닌 구체적인 대상인 몸의 문제로 재현한다. 그에게 실체로서의 몸은 죽음을 인식하게 만드는 직접적 매개물이다. 이는 세계가 무덤과 다름없는 공간임을 인식하는 것이다. 그런 의미에서 볼 때 참혹한 육체는 고통의 징표가 되며, 이 육체적 고통으로부터 벗어나기 위해 그는 또 다른 생인 죽음을 사유하게 된다.

이것은 얼마나 고집 센 구멍인지요 정신의 행려병
자인지요 검은 머리카락 속에서 단 한 번도 나온 적

없는 몸의 일부인지요 토막인지요 소문의 자루인지요
바람인지요 들어도 듣지 못하는 캄캄한 귓구멍인지요
진흙탕도 이런 진흙탕이 없을 겁니다 툭툭 손가락 끊어
져 들어온 소문들과 어디에선가 죽은 햇빛들과 가버린
시간들이 뒤엉켜 있는 이곳은 얼마나 깊은 무덤인지요
내 귀는 나팔이 될 수 없어요 소리를 낼 수 없어요 은색
냄비의 손잡이처럼 얼굴 양쪽에 매달려 있을 뿐이지요
어떤 날엔 그 손잡이를 들고 내 얼굴에 가득 찬 오물을
쏟아버리고 싶어지지요 두개골의 꼭지가 떨어지는 날 귀
는 제 역할을 다하겠지요 지금은 너무 무거워서 얼굴을
조용히 감싸고만 있습니다 이것은 정말 얼마나 고집 센
구멍인지요 제대로 태양을 본 적 없어도 태양을 향해 조
준된 총에 대해 생각하고 있어요

—「귀」 전문

"몸의 일부"이지만 결코 자신을 온전히 드러내지 않
는 귀, "검은 머리카락 속에서 단 한 번도 나온 적이 없
는" "내 귀"를 시인은 고집 센 '구멍'에 비유한다. 이 구
멍은 "정신의 행려병자"이며 "토막"이며 "소문의 자루"
이며 "바람"이며 "들어도 듣지 못하는 캄캄한 귓구멍"
으로 묘사된다. 들어도 제대로 듣지 못하는 고장 난 귀

는 온갖 오물들만이 가득 찬 "진흙탕"인 것이다. 이 진창과 같은 귀는 토막 난 "소문들" "죽은 햇빛들" "가버린 시간들"이 함부로 뒤엉켜 있는 오염된 곳이다. 따라서 귀는 오물들이 넘치는 죽은 "무덤"이 되며 귓구멍은 이 무덤에 이르는 통로가 된다. 들어올 수 있으나 나갈 수는 없는 출구 없는 이 "진흙탕"과 같이 오염된 귀는 "너무 무거워서" 이제는 "얼굴을 조용히 감싸고만 있"어야만 하는 존재의 비극적 형상을 보여준다.

몸이 무덤이라는 상상력은 생에 대한 부정적 태도를 드러낸다. 제 기능을 할 수 없는 무기력한 몸은 그 어떤 것과도 소통할 수 없는 자아의 단절과 소외의 심리를 반영한다. 그렇다면 몸이 '감옥'일 때 그곳을 벗어날 수 있는 유일한 길은 무엇일까?

박서영은 억압된 몸을 벗어나는 방법으로 '육체의 죽음'을 적극적으로 선택한다. "두개골의 꼭지가 떨어지는 날 귀는 제 역할을 다하겠지요"라는 말처럼 그는 육체의 소멸이야말로 고통스러운 생의 감옥으로부터 벗어나는 길이라 생각한다. 육체의 죽음에 대한 집요한 성찰은 박서영의 시집 전체를 관통하는 핵심이라 할 수 있다. 특히 「무덤 박물관에서」 연작시들은 죽음과의 친화성에 대한 시인의 지속적인 탐색의 결과물이다.

육체의 죽음이 치욕스러운 생의 고통을 끝내는 것
이라면 죽음은 어쩌면 두려운 대상이 아닐 것이다. 죽
음이 공포가 아닐 때 죽음은 가장 친숙한 것이 된다.
박서영의 시 전편에 드러나는 '죽음의 문제'는 죽음이
야말로 삶에 대한 가장 적극적인 인식의 귀착점임을
보여주는 것이다.

> 오전 여덟 시 상가를 지나친다
> 동네 입구의 전봇대에는 하얀 종이에
> 반듯하게 씌어진 상가喪家─가 붙어 있다
> 이 길로 가면 상가로 갈 수 있다
> 나는 지금 문상 가는 중이 아니다
> 그러나 태어나자마자 이 표식을 따라왔다
> 울면서도 왔고 졸면서도 왔다
> 사랑하면서도 왔고 아프면서도 왔다
> 와보니 또 가야 하고 하염없이 가야 하고
> 문상 가는 줄도 모르고 나는 문상 간다
> 죽어서도 계속되는 삶이 무덤 속에 누워
> 꺼억꺼억 운다

> ─「죽음의 강습소」 부분

박서영에게 살아간다는 것은 본질적으로 죽음을 향해 치닫는 과정이다. "길 위에 그려진 화살표와/무덤 바닥에 그려진 화살표가 문득 겹쳐져"(「노출 전시관에서」) 있다는 사실은 삶과 죽음이 하나임을 자각한 순간이다. 결국 "우리가 밟고 가야 할 시간"은 "저 핏기 없는"(「견인차에 시계가 매달려 있다」) 죽음의 세계로 향하는 것이다.

위의 시의 화자는 문득 자신이 "상가喪家→"의 표식을 따라가고 있음을 발견한다. '상가喪家'라는 말이 함의하듯이 생은 죽음의 길로 가는 과정이다. "죽음의 강습소" "죽음의 예배당"이란 말처럼 우리는 죽음을 준비하며, 죽음에 순응할 수밖에 없는 운명적 존재이다. 죽음에 이르는 길은 나의 선택과 무관하다. 그것은 이미 예정된 길이다. 그러므로 나의 의지와 상관없이 나의 생은 죽음 쪽으로 향해 있다. "태어나자마자" 가게 된 길, "울면서도 왔고 졸면서도 왔"던 길, "사랑하면서도 왔고 아프면서도 왔"던 길이며 마침내 "와보니 또 가야 하고 하염없이 가야 하"는 길이 바로 죽음에 이르는 길이다.

그러나 죽음에 이르는 길은 결코 아름답지 않다. 왜냐하면 박서영에게 죽음은 경험되는 것이 아니라 목격되는 것이기 때문이다. '무덤 박물관'이라는 말은 곧

'죽음의 전시장'을 의미한다. 때문에 타자화된 죽음은 "죽어서도 계속되는 삶이 무덤 속에 누워" 있는 것을 지켜보면서 "꺼억꺼억" 우는 것을 직시할 수밖에 없는 고통을 수반한다. 궁극적으로 타자화된 죽음은 대상화될 수밖에 없는 한계를 지닌다. 하지만 한편으로 타자의 죽음은 자신의 죽음을 예측하게 만드는 거울이기도 하다. 거울에 비친 타자의 죽음을 통해 그는 자신의 죽음을 추체험한다. 이때 죽음은 새로운 생성과 재생의 상상력으로 전환된다.

> 아무도 살지 않는 무덤이 점화한다
> 복제보다 아름다운 기억들이 펑펑 터진다
> 누가 태초에 봄여름가을겨울의 이름으로 저 제비꽃을
> 민들레를 엉겅퀴를 개망초를 세상에 꽂기 시작했을까
>
> 무덤의 콘센트가 은밀하게 연결되어 있는
> 땅의 배꼽이 열린다
>
> ―「무덤 박물관 가는 길」 부분

"아무도 살지 않는 무덤"에 화자는 "플러그"를 "점화"한다. "무덤의 콘센트가 은밀하게 연결되어 있는/땅의 배꼽"은 화자에게 환한 무덤의 내부를 보여준다. 무덤은 땅의 배꼽으로 이어져 있고, 이 땅에 그는 거름과 빛과 바람을 나누어준다. 그가 무덤에 뿌린 자양분은 "소멸한 기억"들을 재생시키는 일이다. 이때 육체의 죽음은 새로운 재생의 몸으로 환원된다. 즉 폐허의 육체는 죽음을 낳고, 다시금 죽은 육체는 환한 기억으로 재생된다. 죽음을 통해 생성된 기억은 그 어떤 생의 순간보다도 환하게 빛난다. 이는 죽음이 폐쇄되고 고립된 세계가 아니라 환한 '열림'의 공간임을 의미한다.

아직도 숨 쉬고 있는
시간의 육체여

무덤 속에서 나온
해골이 입이 찢어지도록
웃고 있는

김해 대성동 고분 박물관

아직도 숨 쉬고 있는

육체의 죽음이여

나는 안에서 바깥으로 들어갔다
얇은 봉투 하나 들고
흰 국화꽃 앞으로

—「문상」전문

　물리적 죽음은 몸의 소멸을 의미한다. 그런데 박서
영은 육체의 죽음을 소멸로 귀결시키지 않는다. 오히
려 그는 돌연 죽어 있는 육체를 통해 '생명'을 발견한
다. "아직도 숨 쉬고 있는/시간의 육체여" "아직도 숨
쉬고 있는 육체의 죽음이여"라는 말처럼 그는 "무덤
속에서 나온/해골"을 바라보면서 "입이 찢어지도록"
해맑게 웃고 있는 '살아 있는 죽음'을 본다. 살아 있는
죽음이라니? 이 얼마나 아이러니컬한 말인가? 고통스
러운 몸을 벗어나고자 육체의 죽음을 택했는데, 결국
육체의 죽음에 이르러 "아직도 숨 쉬고 있는" 생명을
확인하다니? 이것은 거짓말이다. 그렇다. 시인의 말대
로 이것은 "환한 거짓말"이다. 그러나 이 거짓말은 "따
뜻한 거짓말"(「숨 쉬는 집」)이기도 하다. "나는 안에서
바깥으로 들어갔다"라는 역전의 상상력은 이 거짓말

이 사실보다 더 진실에 가까울 수 있음을 보여준다. 안과 밖이 뒤집힌 세계는 결국 죽음을 통해 삶의 진정한 가치가 무엇인지를 깨닫고자 하는 것이다. 죽음을 따뜻하게 응시하려는 태도는 죽음 앞에 놓인 삶에 대한 강한 애착의 다름 아니다.

육체의 죽음은 억압된 것들을 자유롭게 만든다. 즉 박서영은 물리적 죽음을 통해 몸에 갇힌 존재의 한계로부터 탈출을 시도하는 것이다. 이것은 쓸모없이 폐기되는 몸, 한없이 존재를 억누르는 억압의 대상인 여성의 몸을 다시금 건강한 생명력을 지닌 재생의 몸으로 뒤바꿔 놓는다. "피의 궁혈이 사방에 꽃들을 낳"(「폭우 속에서」)고, "목젖을 드러내고"(「봄,봄,봄」) 피는 꽃, "봄의 태반"(「숫눈」)과 같은 생산의 이미지들은 모두 육체적 고통이 피워낸 생성의 산화물들이다. 고통이 잉태한 여성의 몸은 이제 한없이 가벼운 것들로 전환된다. "바람의 몸이 되기 위하여/너는 얼마나 오랜 시간을 피 흘리며 몸부림쳤느냐"(「정승골 계곡에서 죽은 양羊을 위한 습작」)라는 표현에서 알 수 있듯이 그는 한없이 자유롭게 부유하는 몸으로 거듭나고자 한다.

그러나 삶은 "생략할 수 있는" 것이 아니다. 죽음 또한 삶을 앞서지 못한다. 때문에 지독한 생은 "기다림으로 목이 길어진 서러운 저 난초들"(「왜가리」)처럼 끊임없는 인내의 시간을 요구한다. 그것은 "공기의 풍랑을 견뎌야"(「수로왕릉 가는 길」) 하는 고통을 동반한다. 박서영은 자신의 고통을 내면화하는 방법으로 '죽음'의 문제에 몰입한다. 그런데 때로는 이 죽음이 너무 환하다. 삶보다 밝은 죽음에 경도하는 시인의 눈이 죽음의 빛에 멀지 않기를 바란다.

붉은 태양이 거미를 문다

2019년 2월 3일 1판 1쇄 펴냄

지은이   박서영
펴낸이   김성규
책임편집   김은경 이계섭
디자인   진다솜
펴낸곳   걷는사람
주소   서울 마포구 월드컵로 16길 51 서교자이빌 304호
전화   02 323 2602
팩스   02 323 2603
등록   2016년 11월 18일 제25100-2016-000083호

ISBN 979-11-89128-25-8 04810
ISBN 979-11-89128-08-1 (세트) 04810